WILLY VANDERSTEEN

textes et dessins
PAUL GEERTS

Editions Erasme
Bruxelles - Anvers

Il fait bon faire du vélo sur les chemins de nos campagnes...
Attention, Berthe! Encore un fana de la bicyclette qui croit que la route est à lui!
Dégagez!
Ne crains rien, Joseph!
ZOUF
Je vais battre le record de vitesse!... En route pour Bruxelles!
Lambique arrive au Grand-Sablon, où se trouve le musée de la Poste.
Dégagez! Je suis en pleine forme!... J'égale Greg Lemond!
...sauf que je suis moins bien payé!
Prenons ce tournant à une vitesse...
...supersonique!
DJANG

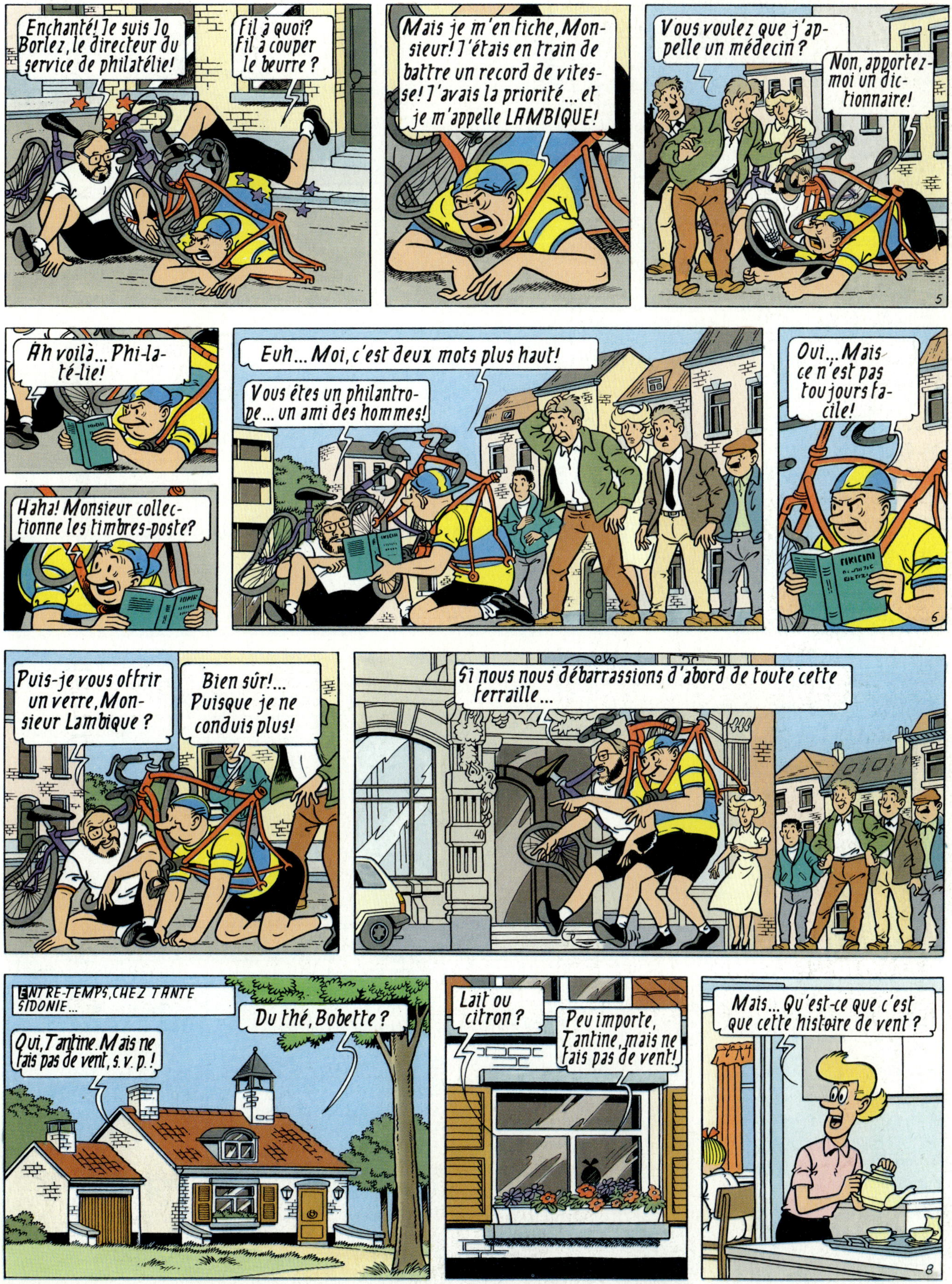
Enchanté! Je suis Jo Borlez, le directeur du service de philatélie!
Fil à quoi? Fil à couper le beurre?
Mais je m'en fiche, Monsieur! J'étais en train de battre un record de vitesse! J'avais la priorité... et je m'appelle LAMBIQUE!
Vous voulez que j'appelle un médecin?
Non, apportez-moi un dictionnaire!
5
Ah voilà... Phi-la-té-lie!
Haha! Monsieur collectionne les timbres-poste?
Euh... Moi, c'est deux mots plus haut!
Vous êtes un philantrope... un ami des hommes!
Oui... Mais ce n'est pas toujours facile!
6
Puis-je vous offrir un verre, Monsieur Lambique?
Bien sûr!... Puisque je ne conduis plus!
Si nous nous débarrassions d'abord de toute cette ferraille...
7
ENTRE-TEMPS, CHEZ TANTE SIDONIE...
Du thé, Bobette?
Oui, Tantine. Mais ne fais pas de vent, s.v.p.!
Lait ou citron?
Peu importe, Tantine, mais ne fais pas de vent!
Mais... Qu'est-ce que c'est que cette histoire de vent?
8

J'ai décidé de classer mes timbres-poste!
Depuis qu'on a émis un timbre à notre effigie, Bob et moi collectionnons les timbres! Regarde, Tantine!... Mais ne fais surtout pas de vent!
9 BELGIË BELGIQUE
JEUGDFILATELIE PHILATELIE DE LA JEUNESSE
Il est superbe, Bobette! C'est un beau passe-temps...
...la philatélie, surtout pour des enfants turbulents comme vous! Viens ici, que je t'embrasse!
Ah... Voilà Bob!
'jour!
Fais pas de vent!
Quoi de neuf au club de philatélie?
C'était super, Bobette! J'ai pu échanger plein de timbres... regarde!
Il paraît qu'on va émettre un nouveau timbre à l'occasion des 500 ans de la Poste... "Le petit postillon", d'après une gravure d'Albert Dürer.
Comment l'appellera-t-on?... Tiens, quel est ce bruit, dehors?
C'est Lambique, mais il n'est pas seul!
Entrez, Jo! Faites comme chez vous! Sidonie aura sûrement quelque chose à vous mettre sous la dent... Mais non, vous ne nous dérangez pas... Haha!
Oh... Non!

Ne... faites... pas... de vent!...
Hahaha!
Voici mon nouvel ami... Jo, directeur de...
Minute!
Ph... Phil... Phi-la... Je l'ai!
Directeur du service de philatélie...
ASSASSIN!
La philatélie est...
Tous mes timbres sont en désordre!
Je venais de les classer!... OUIIIIIN!
Je suis vraiment désolé, Madame!
Moi aussi, Monsieur!
Je vais néanmoins essayer de me faire pardonner... Je vous invite tous à visiter le musée de la Poste. Cela intéressera sans aucun doute les jeunes philatélistes que vous êtes!
NOS AMIS ACCEPTENT L'OFFRE AVEC ENTHOUSIASME. BOBETTE SÈCHE SES LARMES ET TOUS SE METTENT EN ROUTE POUR LE GRAND-SABLON.

Allez garer la voiture! Je reviens dans un instant!
PEU APRÈS.
Regarde, Bobette!
C'est pour toi... pour te consoler!
?
KAÏ
Il faut toujours qu'il se fasse remarquer!
PLOTCH
Comment qualifies-tu cela?
FROID!
PLUS TARD.
On dirait que Lambique est sec!
Admirez notre collection... Je répondrai à toutes vos questions!
Regarde, Bob, les tout premiers timbres-poste!
Génial!... Et ici, ces gravures!...
Dites, Monsieur... Qu'est-ce que ceci?

.. Ceci est un problème, Bob!
Un problème?... Pourquoi?
Nous savons qu'il s'agit d'un document très ancien. Seuls quelques caractères sont lisibles. Les experts pensent que ce document est très important... qu'il contient un secret... Mais nous en sommes réduits à des suppositions!
C'est un document de valeur qui recèle une énigme!
Pfft... Qui pourrait le déchiffrer?
21
Le professeur Barabas!
Bobette a raison! Barabas est le seul qui puisse nous mettre sur la piste. Vous avez bien voulu nous inviter ici. A notre tour de vous rendre service!
Vraiment? Merci les enfants!
Je vais demander la permission de vous prêter le document.
22
PLUS TARD, CHEZ BARABAS.
Voici mon ordinateur le plus sophistiqué!
Soumettons-lui le document, et voyons ce qu'il nous raconte. Réglons le scanner...
Appuie sur ce bouton, Bob!
23
Ce document a 500 ans, environ. Regardez les lettres qui apparaissent sur l'écran!... M... L... NES. La structure moléculaire indique qu'il provient d'Autriche et qu'il a été écrit à la plume d'oie... Voilà!
A présent, l'ordinateur va essayer de trouver les lettres manquantes... Attention... Voilà!... MALINES!
MALINES
C'est tout?
24

Oui. Je regrette, Monsieur Borlez!
L'énigme demeure... J'avais tant espéré trouver la solution! Quelle déception. On ne le connaîtra jamais, ce secret!
Je n'ai pas dit cela! Il nous reste la machine à remonter le temps!
Que dites-vous?
Le professeur nous offre la possibilité d'explorer le passé pour y mener notre petite enquête personnelle!
Je ne vous en demande pas tant!
25
C'est pourquoi nous vous le proposons, cher ami! Pour vous faire plaisir, nous allons effectuer un bond de 500 ans dans le passé!
NOS HÉROS SE CONCERTENT. BOB, BOBETTE ET LAMBIQUE DÉCIDENT D'ENTREPRENDRE LE VOYAGE. TANTE SIDONIE SORT SA MACHINE À COUDRE. LE LENDEMAIN, LE TRIO EST PRÊT POUR L'AVENTURE.
Quelle fière allure tu as, Lambique! J'aurais aimé t'accompagner!
Vous êtes prêts?
1490
26
Soyez prudents, chers amis! Je n'oublierai jamais ce que vous faites pour moi!
PRÉCÉDÉS D'UN BREF ÉCLAIR, NOS HÉROS TRAVERSENT LE TEMPS ET L'ESPACE...
ZZIP
27
ILS ATTERRISSENT À MALINES... 500 ANS PLUS TÔT.
Quelle ville animée! Et tous ces marchands, ces artistes...
Et l'imposante tour Saint-Rombaut qui domine tout.
28

PENDANT CE TEMPS, DANS UNE MAISON PATRICIENNE, À BRUXELLES.
Señor François de Tassis?
Votre humble serviteur, Majesté!
Vous me connaissez?
29
Vous êtes le roi Ferdinand d'Aragon, époux de sa Majesté Isabelle de Castille...
Votre visite dans ma modeste demeure est un grand honneur!
Cette visite doit rester secrète, Señor!
30
Je suis ici incognito! J'ai besoin de votre aide! Votre discrétion et votre loyauté m'ont conduit jusqu'à vous, Señor de Tassis!
Vos désirs sont des ordres, Majesté!
Bon! Écoutez... Cette lettre marquée de mon sceau doit parvenir aussi vite que possible à Maximilien d'Autriche. Il réside à Innsbruck!
Il s'agit d'une affaire de la plus haute importance! Pour lui comme pour moi! Ce message ne peut être lu par PERSONNE! Est-ce clair?
31
Vous avez compris, Señor de Tassis?
Oui, Majesté! Je ferai porter ce document par mon plus fidèle messager! Ayez confiance!
J'en sais assez! Franco Bollo sera satisfait!
UN PEU PLUS TARD, UN CAVALIER S'ÉLANCE.
32

La nuit tombe, mais Malines n'est plus très loin! Il faut que je me sustente avant de poursuivre ma route!
Le voilà! Attention! A mon signal, tirez de toutes vos forces sur la corde!
Son cheval tombera et nous prendrons son sac... Allez-y!
?
...?! La corde n'était pas attachée à l'autre bout!
Il le fallait?
LE MESSAGER POURSUIT SA ROUTE...
Je suis pressé! Servez-moi un pot-au-feu et une bière bien fraîche!
Voilà du lard, des haricots, du pain de seigle et un bon pichet!
Le voilà!
Ils sont trop nombreux! Ma mission avant tout!
DZING
Mon cheval! Ces bandits ont sectionné les rênes!
La cour de Marguerite d'Autriche, notre Gouvernante, n'est pas loin! Cherchons-y refuge!

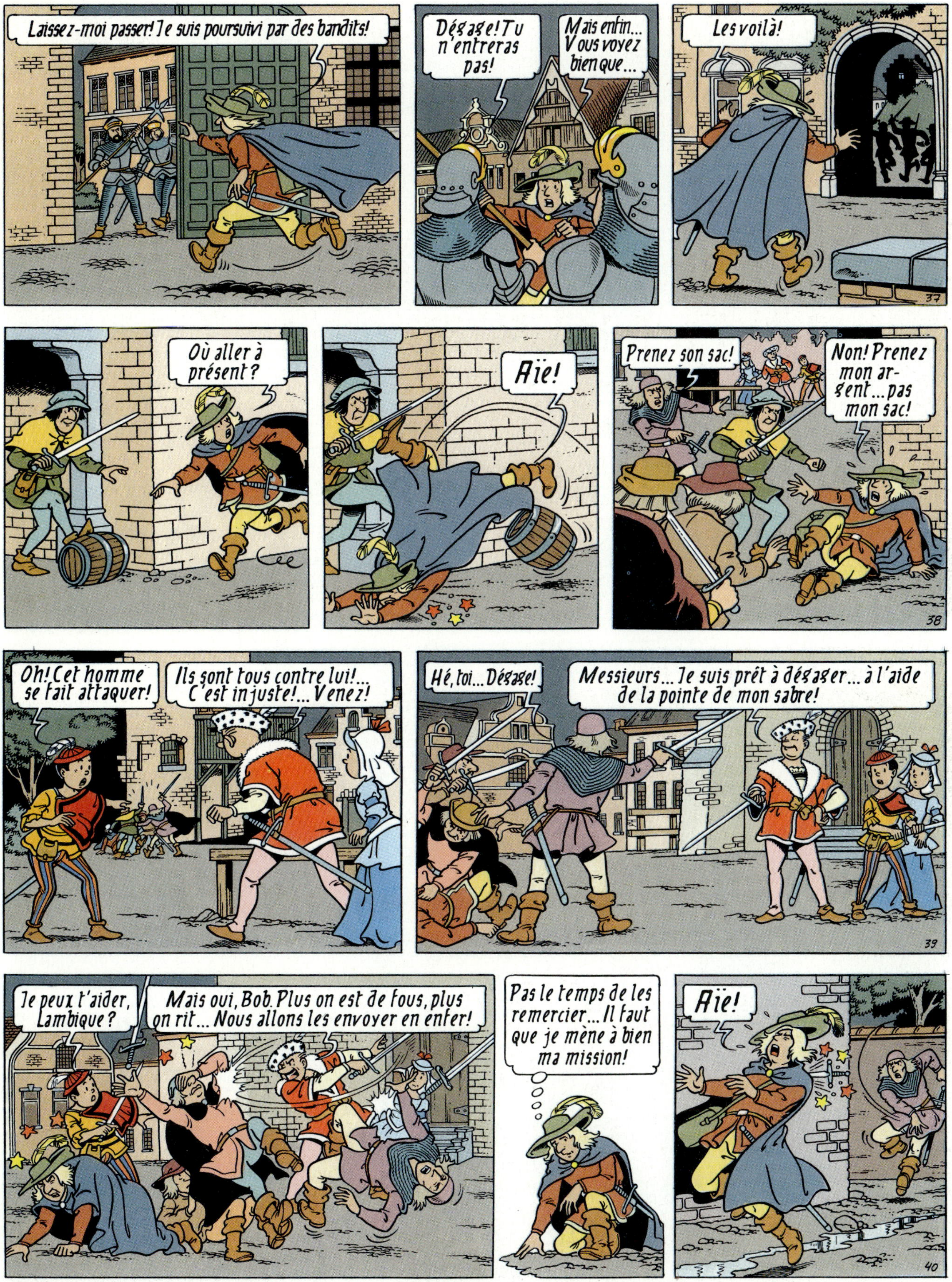

Laissez-moi passer! Je suis poursuivi par des bandits!
Dégage! Tu n'entreras pas!
Mais enfin... Vous voyez bien que...
Les voilà!
37
Où aller à présent?
Aïe!
Prenez son sac!
Non! Prenez mon argent... pas mon sac!
38
Oh! Cet homme se fait attaquer!
Ils sont tous contre lui!... C'est injuste!... Venez!
Hé, toi... Dégage!
Messieurs... Je suis prêt à dégager... à l'aide de la pointe de mon sabre!
39
Je peux t'aider, Lambique?
Mais oui, Bob. Plus on est de fous, plus on rit... Nous allons les envoyer en enfer!
Pas le temps de les remercier... Il faut que je mène à bien ma mission!
Aïe!
40

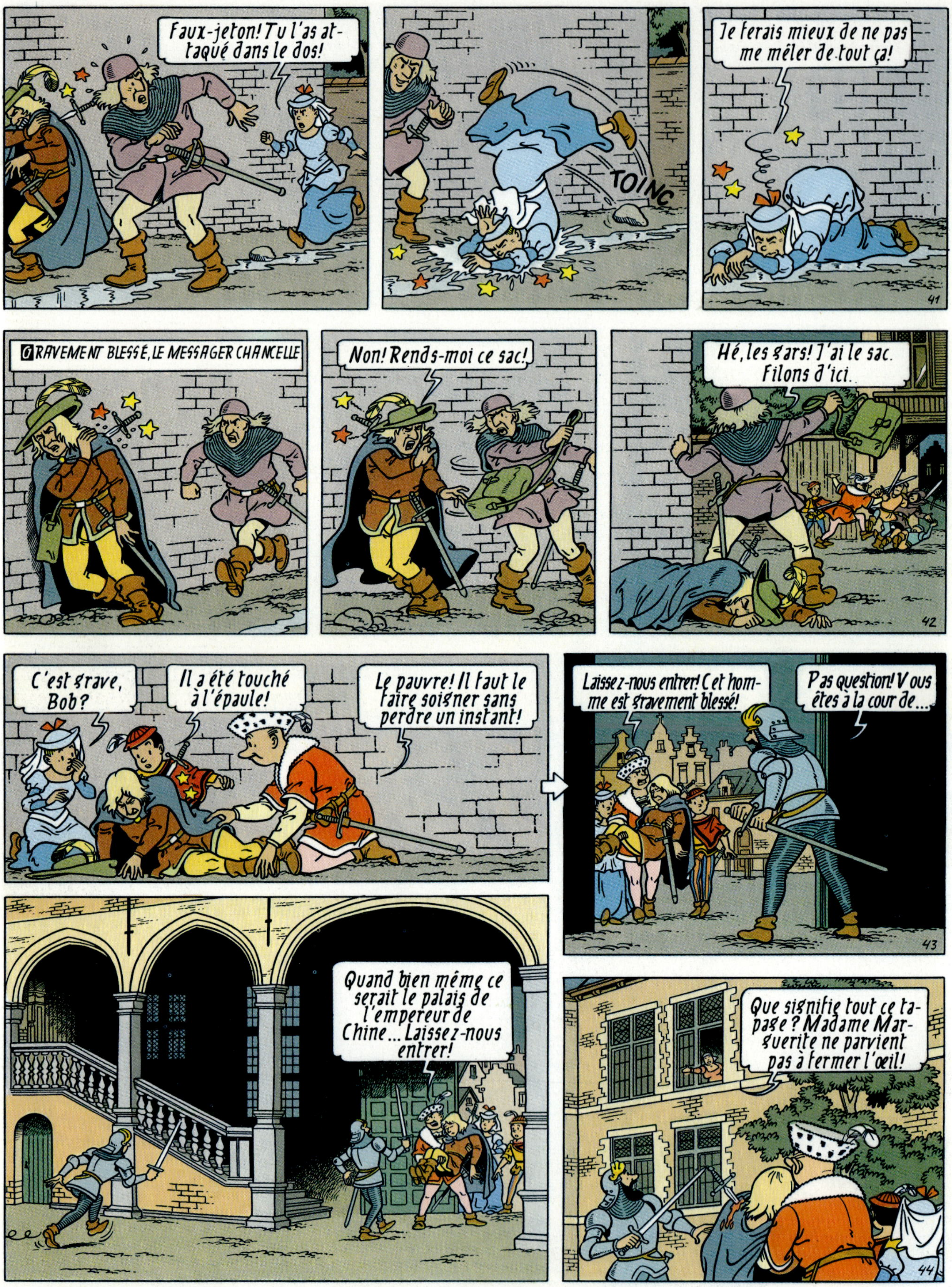
Faux-jeton! Tu l'as attaqué dans le dos!
TOINC
Je ferais mieux de ne pas me mêler de tout ça!
41
GRAVEMENT BLESSÉ, LE MESSAGER CHANCELLE
Non! Rends-moi ce sac!
Hé, les gars! J'ai le sac. Filons d'ici.
42
C'est grave, Bob?
Il a été touché à l'épaule!
Le pauvre! Il faut le faire soigner sans perdre un instant!
Laissez-nous entrer! Cet homme est gravement blessé!
Pas question! Vous êtes à la cour de...
43
Quand bien même ce serait le palais de l'empereur de Chine... Laissez-nous entrer!
Que signifie tout ce tapage? Madame Marguerite ne parvient pas à fermer l'œil!
44

Dites à Marguerite qu'avec la mort de cet homme sur la conscience, elle ne fermera plus jamais l'œil!
PEU APRÈS.
C'est grave?
Madame la Gouvernante... Cet homme a été blessé par une bande de truands!
45
Des bandits sans scrupules, trop paresseux pour gagner honnêtement leur vie! Voulez-vous faire venir votre médecin? Il est bien mal en point...
Chut! Il veut parler!
Chercher... Franç... de Tassis. Aïe!... Bruxelles... Eglise Notre-Dame-des-Victoires... Message secret... Je... ne... peux... rien dire... AAAH!
Il a perdu conscience!
46
Mon petit Bob, je te confie cette mission!
Le capitaine de garde te donnera le cheval le plus rapide. Le médecin ne tardera pas... Vous logerez ici!
BOB PREND SANS TARDER LE CHEMIN DE BRUXELLES.
47
ENTRE-TEMPS, LES BANDITS ONT ATTEINT UNE FERME FORTIFIÉE...
Seigneur Bollo, vos hommes sont de retour...
TOC TOC
48

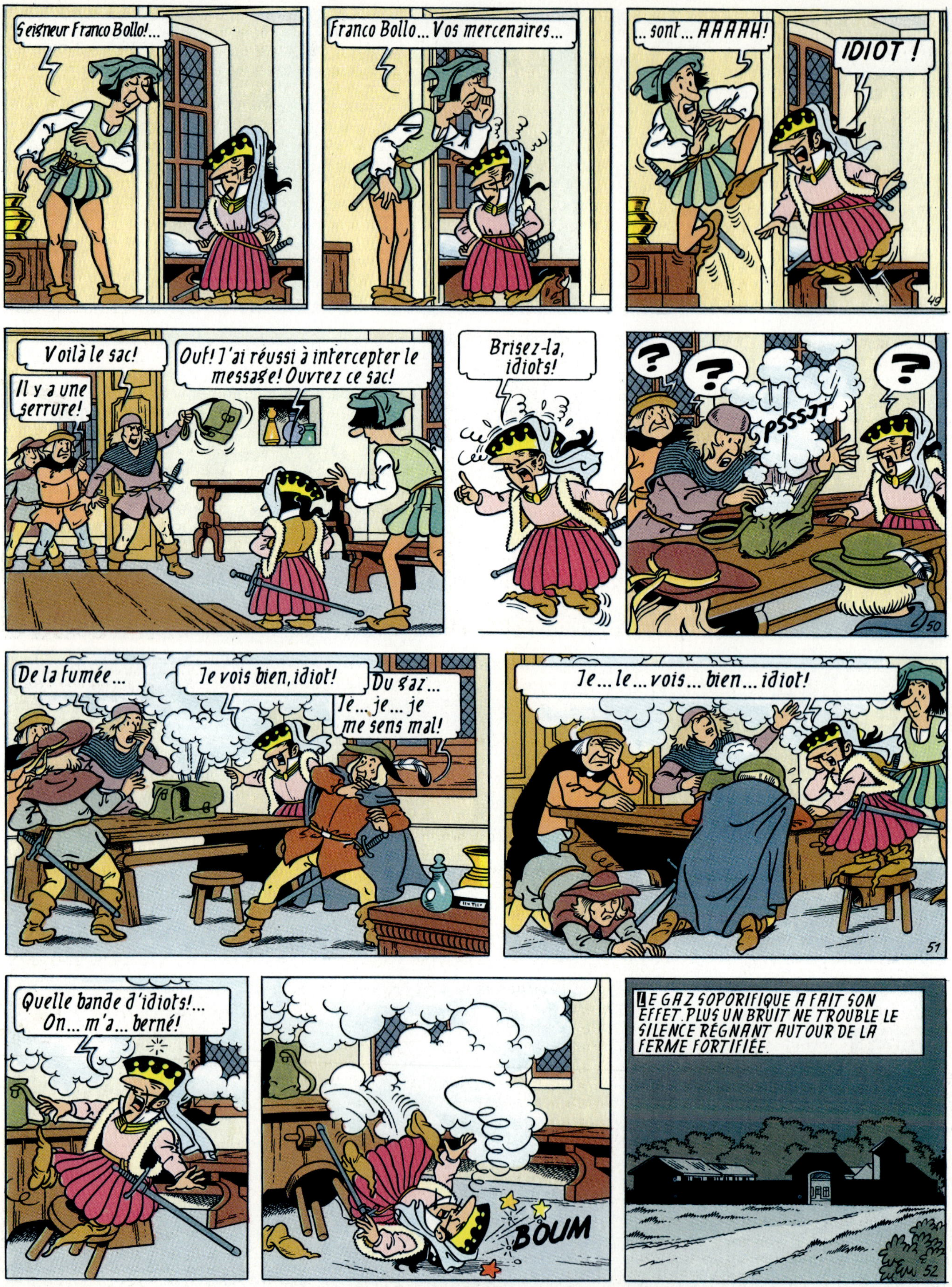
Seigneur Franco Bollo!...
Franco Bollo... Vos mercenaires...
... sont... AAAAH!
IDIOT !
Voilà le sac!
Il y a une serrure!
Ouf! J'ai réussi à intercepter le message! Ouvrez ce sac!
Brisez-la, idiots!
PSSSJT
De la fumée...
Je vois bien, idiot!
Du gaz... Je... je... je me sens mal!
Je... le... vois... bien... idiot!
Quelle bande d'idiots!... On... m'a... berné!
BOUM
LE GAZ SOPORIFIQUE A FAIT SON EFFET. PLUS UN BRUIT NE TROUBLE LE SILENCE RÉGNANT AUTOUR DE LA FERME FORTIFIÉE.

PENDANT CE TEMPS, BOB GALOPE À TOUTE ALLURE VERS BRUXELLES. IL REJOINT FRANÇOIS DE TASSIS ET LUI NARRE LES DERNIERS ÉVÉNEMENTS. CELUI-CI DONNE L'ORDRE D'ATTELER SES CHEVAUX ET...
... LE LENDEMAIN MATIN, L'ATTELAGE S'ENGOUFFRE DANS LA COUR DU PALAIS DE MARGUERITE D'AUTRICHE.
53
Suivez-moi! Votre messager était en piteux état, quand je l'ai quitté!
Comme je vous l'ai dit, les bandits ont volé son sac!
Son sac uniquement?... Parfait!
Parfait? Mais... Vous...
54
Qui êtes-vous? Comment se porte-t-il?
Je suis le médecin de la cour, Seigneur. J'ai soigné le blessé. Il dort, maintenant!
Sa vie n'est plus en danger, mais il doit rester alité!
Dieu soit loué... Il est si fidèle!
Donnez-moi un couteau que je découpe ses vêtements et dénude sa...
QUOI?... Que... voulez-vous faire? Vous n'allez pas...
55
Laissez-moi faire!... Regardez!
Le sac était une ruse... Si les bandits l'ont ouvert, mal leur en a pris! Quant au vrai message, mon serviteur le portait sur lui!
UNE SERVANTE A ÉCOUTÉ ATTENTIVEMENT LA CONVERSATION, ET QUITTE DISCRÈTEMENT LA PIÈCE.
56

EMMITOUFLÉE DANS UNE CAPE, LA FEMME SE GLISSE DANS LES ÉCURIES...
...VOLE UN CHEVAL...
...ET PART AU GRAND GALOP.
Je sais où les brigands se cachent et je sais qui est leur chef. Cela me rapportera quelques pièces d'or!
57
Cette ferme fortifiée est habitée depuis peu par un seigneur italien... un homme bizarre... mais qui paie bien!
C'est du moins ce que disent les domestiques... et ils savent tout!
OH... NON!!!
58
Je comprends pourquoi le gros homme plaignait les bandits qui ouvriraient le sac!... Ils sont dans un état!...
Voilà qui va les réveiller!
59
WHOUAAAH! Qui a osé?...
Pardonnez-moi, Seigneur, mais je possède des renseignements intéressants!
L'homme que vos mercenaires ont blessé cette nuit vit toujours! Son sac était un piège, car le message que vous cherchez était inscrit sur sa poitrine!
Per bacco! Où est-il? Tu as ce message?
Non, Seigneur, je suis venue vous avertir... On dit que vous êtes généreux!
60

Comment? Tu n'auras pas un sou! Tu viens nous dire que le sac était un piège sans nous apporter le vrai message... et il faudrait que je te paie?
Tu veux abuser de ma bonté? Per bacco! Déguerpis!
Mais...
Dehors! Avanti! Partire!
61
...et vous aussi! Que je ne vous voie plus jamais! Vous n'avez pas rempli votre mission! Vous n'aurez pas un sou! Avanti!
Il me faut ce message! Coûte que coûte! Mais...
EURÊKA !!
62
Dans la sombre forêt à la frontière de l'Allemagne, vit un sorcier! Il doit m'aider!
ENTRE-TEMPS.
Il faut que quelqu'un porte ce message à Maximilien d'Autriche... à Innsbruck! Mais qui?
Nous pourrions vous aider!
63
Pas question! Je ne puis accepter votre offre! Il s'agit d'une mission périlleuse. J'ai déjà failli perdre mon plus fidèle serviteur. Non, Lambique! Je ne puis mettre vos vies en danger!
Seigneur, notre loyauté et nos épées sont à votre disposition!
Bon! J'accepte! Cette bourse bien garnie couvrira amplement vos frais! Mais surtout... n'oubliez pas...
64

Il s'agit d'une mission ultra-secrète! Je vous demanderais donc d'être discrets!
Ne craignez rien! Personne ne nous connaît!
Le voyage n'en reste pas moins dangereux!
Voici la lettre! Prenez-en grand soin!
65
MARGUERITE D'AUTRICHE MET SES MEILLEURS CHEVAUX À LA DISPOSITION DE NOS HÉROS. LE LENDEMAIN, À L'AUBE, ILS SE METTENT EN ROUTE POUR INNSBRUCK. ILS ONT CINQ JOURS ET DEMI POUR ARRIVER À DESTINATION.
Tu connais l'itinéraire, Lambique?
66
Oui. Nous passerons d'abord par la ville de Tongres.
PLUS TARD.
J'ai faim, Lambique! Si on s'arrêtait dans une auberge?
?
Vous n'y pensez pas!
67
Ils faut éviter les lieux publics! J'ai emporté des provisions! Nous allons pique-niquer!
C'est tout ce que tu as? Du pain, du fromage et une outre d'eau?
Enfants gâtés! Tout est bon quand on a faim!
Peut-être... Mais si j'essayais d'attraper quelques truites dans la rivière?...
68

Ça mord, Bobette ?
Non! J'ai vu des tas de poissons, mais aucun n'a mordu!
C'est ta technique qui ne vaut rien! Regarde comment on fait... et hop!
Comme les ours!
WHOAH
Moi, je préfère le fromage!
Tu avais raison, Lambique! L'endroit est bien plus sûr que les auberges surpeuplées!
!?
TCHAK
Ne craignez rien! Voulez-vous échanger votre fromage contre ces lapins ?
Pourquoi ?
Je n'aime pas le lapin!
Alors, pourquoi les chasser ?
Parce qu'il n'y a pas de fromage dans les bois!
PLUS TARD.
Hmm... Exquis! Et maintenant... une petite sieste!
Pas question!
On repart!

On s'arrête à Tongres, Lambique?
Non, Bobette! Pas de temps à perdre! Nous continuons vers Eupen!
Dommage! La bière de Tongres est réputée. Les anciens Belges en buvaient déjà!
Tu connais Lambique! Il n'a qu'une parole! Si c'est non, c'est non!...
Oui, ma beauté! Trois chopes de ce délicieux breuvage! Un pour la soif, un pour le goût et un pour le souvenir!
Et de trois!... Nous pouvons repartir!
Fiche-moi le camp, sale bête!
Hé! Brute! Faudrait... hic... que... hic... apprendre... hic... à être poli!
Aïe! C'est mal parti, Bob!
De quoi te mêles-tu, andouille?!...
Facile, hein... hic... avec un petit chien sans défense! Mais... hic... essaie donc avec moi!
PAF
COUAC
Il est fort... hic... ce type!
Hic... Mais je reviendrai! HIC!
Ça suffit! En selle, Lambique!
Bob! Hic... Bobette! On a volé la tête de mon cheval! Hic!

PLUSTARD, À EUPEN
Il paraît qu'ici aussi la bière est bonne!
Et moi qui croyais que nous n'avions pas de temps à perdre... Si tu t'arrêtes à chaque fois que tu as soif, Lambique, nous ne sommes pas encore sortis de l'auberge!... En route pour Blankenheim!
77
Si nous prenions un raccourci en passant par le bois?
Abreuvons d'abord nos chevaux. Qu'eux, au moins, ne souffrent pas de la soif!
Il y a des animaux sauvages ici?
Des lièvres et des lapins! Si on peut appeler ça des animaux sauvages!
?
CRAC
78
Tiens, en voilà un, de lapin... et un gros... Vous avez vu, les enfants?
Attention! C'est un sanglier!
Un sanglier? Qu'est-ce que c'est?
Un cochon sauvage et féroce!
79
Ah bon? Parfait... Nous allons en faire du saucisson!
Vas-y, Lambique! Ne te laisse pas faire!
Mords-le, p'pa!
Trouve-moi un bout de bois brûlant, Bob!
80

Attrape, Lambique!
Merci, Bob!... A nous deux, mon vieux!
Hourrah! Lambique a gagné!
Et voilà, il a le feu au train!
81
Rien de tel qu'un bon bain de siège!
KSSS
En selle! Nous repartons!
Où se trouve Blankenheim, Lambique?
En plein massif de l'Eifel. A la source de la rivière Ahr.
82
NOS AMIS TRAVERSENT BLANKENHEIM À TOUTE ALLURE, S'ARRÊTANT DE TEMPS EN TEMPS POUR FAIRE BOIRE LES CHEVAUX. TANDIS QUE LAMBIQUE GOÛTE AU VIN DU PAYS, NOS AMIS ADMIRENT LE PAYSAGE.
PUIS, ILS POURSUIVENT LEUR ROUTE LE LONG DU RHIN.
Je suis fatiguée, Lambique!
Tiens bon, Bobette! Nous passerons la nuit dans la ville de Worms!
83-84

ENTRE-TEMPS, DANS UNE SOMBRE FORÊT ALLEMANDE...
Enfin... J'aperçois la cabine du sorcier! Brr... Quel endroit sinistre!
Je suis Franco Bollo, un noble italien! J'ai besoin de votre aide! Ouvrez-moi!
KRRIIEEP
?
Atchoum! Vermez la borte, pon sang! Che suis enrhubé!
86
Excusez-moi, j'ignorais que vous étiez malade!
Non... C'est lui, Fritz, mon aigle!
SNLF !
Je l'ai trouvé devant ma porte, il y a des années! Il s'était cassé la patte. Je l'ai soigné, et depuis, il ne prétend plus voler!
87
Moi soldat au front... Plus chamais foler! Plus chamais!... AATCHOUM!
J'aimerais faire des recherches...
Des recherches?... Ça coute cher, tout ça!
FRANCO BOLLO RACONTE COMMENT LE MESSAGE SECRET LUI A ÉCHAPPÉ ET DEMANDE AU SORCIER DE L'AIDER À LE RÉCUPÉRER.
88

Ceux que vous cherchez vont bientôt atteindre la ville de Worms! Ils sont épuisés et veulent se reposer. Je vois une auberge... flanquée d'une tour... le long du Rhin!
Mais... Je ne pourrai jamais les rattraper! C'est tout ce que tu peux me dire? Tout cela n'a servi à rien!
Cesse de pleurnicher et laisse-moi réfléchir!
Qui cherche trouve... Je vais te rapetisser!
Génial... euh... me rapetisser?
Rapetisser?
89
Me rendre ENCORE plus petit?... Moi qui ai déjà un tel complexe?! A quoi cela servirait-il?
Tu monteras sur le dos de Fritz et il t'emmènera à l'endroit où ils sont!
Ch'ai déchà dit que che ne tolerait plus chamais... snrf... che préfère encore mourir!
90
Tu obéis ou tu passes à la casserole!
Tiens! Bois! Mais... Fais attention! Plus tu en boiras, plus tu seras petit!
GLURP
91
Ça marche! Ça marche! Je vais pouvoir les rattraper et leur dresser une embûche! A moi le message secret!
Mon instinct de prédateur réapparaît! Che ne faix faire qu'une bouchée de ce betit!
AU SECOURS!
92

PAF
Per bacco! Cet idiot est incapable de voler! Stupido!
Alors, il faut lui réapprendre à voler! Viens! Sortons!
Avanti! Vas-y!
Maudit sorcier! A mon âche, c'est bas bermis, tout de bême?
ATCHOUM!!
PAF
Figez-moi la baix! Che reste ici!... SNLRRF!
Pas question! Recommence!
APRÈS PLUSIEURS TENTATIVES...
Il vole!... Superbe!... Magnifico!
Je l'avais dit! Il n'y a pas deux aigles sur terre comme Fritz! Qualité d'avant-guerre!
Oui, oui, je sais... Mais... Ne perdons pas une minute! Avanti, per bacco!
Avanti! A moi le message!... Il messaggio!

Zut! J'ai oublié de lui dire que l'effet de ma potion est de courte durée! Il faut qu'il se dépêche!
UNE HEURE PLUS TARD.
Ze zuis crebé!... Snlrrf!
Sans intérêt!... Vole!
97
Che... che n'en peux plus... che dois b'arrêter... Ich... aah...
Ah non, hein! Tu ne vas pas éternuer! Si tu oses...
Che suis très enrhubé... Pardon... Atchoum...
WHOUAAAH!!
98
AAAAAHRR
?
PLOUF!
Ouaaah! Le diable!!
Non, c'est moi, Franco Bollo! Scusi, Signora!
99
Et voilà ma monture! Un vieil aigle cacochyme et...
PLATCH
Vous permettez qu'on casse la croûte avec vous, per favore?
Avec nous?... Dehors!
100

LA NUIT EST TOMBÉE ET NOS AMIS SE SONT ARRÊTÉS DANS UNE AUBERGE ACCUEILLANTE...
C'était délicieux, mon ami!.. Montrez-nous nos chambres, car demain, nous repartons de bon matin!
Prenez cette pièce d'or!
Merci! Avant d'aller dormir, je vais donner de l'avoine et une litière fraîche à vos chevaux!
101
ENTRE-TEMPS, NON LOIN DE LÀ
Avance, bon sang! Per bacco!
Che suis épuisé! Che n'en peux plus!
Mais... mais... tu vas atterrir en douceur, non?... AAAAHR!
Enfer et damnation! Droit sur un tas de fumier!... Idiot! Asino!
PLATCH
102
Chéri, tu viens? Il est plus de minuit!
Je soigne les chevaux de nos hôtes! Ils m'ont donné une pièce d'or!
Ce sont des gens importants! J'ai suivi leur conversation! Ils doivent se rendre au plus vite à Innsbruck... chez Maximilien d'Autriche!
Per bacco!
103
Magnifico! Splendido!! Ceux que je cherche sont ici!... Dans cette auberge!
Ouf! Quelle journée... je suis trop fatigué pour... souffler... la bougie...
Snif... snif... Quelle odeur! On dirait qu'il y a un tas de fumier près de mon lit!
104

Dis donc, minus, c'est toi qui sens mauvais?
Tiens... bizarre... J'ai des hallucinations!
J'ai trop mangé... j'ai des visions!
C'est bien un nain... Tiens, il prend le sac qui contient le message!
105
C'est impossible! Cette saucisse me reste sur l'estomac!
LE MESSAGE !!
Halte! Stop! Reviens, avorton! Voleur! Nabot!... Au voleur!
Mon épée te fera trébucher, bandit!
106
Per bacco! Pas mauvais, ce petit vin allemand! Mmmh!
107
Quel bruit! Que se passe-t-il, Lambique?
Retenez-le... le bandit... Il s'est emparé du message!
Approche... hic... si tu oses... Viens tâter... hic... de mon épée!... HIC!
Oh! Regardez! Il... Il se met à grandir!
108

Il grandit à vue d'œil!
Per bacco! La potion ne fait plus d'effet!
Attrape-le, Bob! Il ne faut pas qu'il nous échappe!
Haha! Un petit duel! Incrociare le spade!... Hic!
109
Heu... Excuse-moi, Lambique! J'ai mal calculé mon saut!
Bah... Pas de combat?... No combattimento? Alors, je file!... Hic! CIAO!
Minute, papillon!
110
Attrape ça!
Enfer! Dannato!
DZING
Prends le sac, Lambique! Vite!
A nous deux, petit! Ne crois pas t'en tirer à si bon compte!
111
WHOUAAH!
Calme-toi, Lambique! Nous avons le sac! C'est ce qui compte!
Inutile de le poursuivre! Il fait nuit noire!
112

Qui était cet homme?
A Malines, on s'en était pris au messager... et maintenant, à nous!
Ben...
Laisse-moi réfléchir, Bob! J'ai besoin de me concentrer... d'ordonner mes pensées en toute logique... de raisonner!... Ah...
J'ai trouvé! Le message! Voilà la cause de tous ces ennuis!
C'est fou ce qu'il est perspicace!
113
Après avoir pris un peu de repos, nos amis repartent de bon matin. Les heures passent...
Nous voilà à Worms, cette jolie ville sur le Rhin! Regardez comme sa cathédrale est belle!
114
Allons-nous la traverser?
Oui, Bob. Il faut passer par la ville, et y entrer par ce pont!
Là! Un camp de gitans!
Des ours dressés, je crois plutôt que ce sont des artistes de cirque!
115
On s'arrête un peu, Lambique?
D'accord, mais pas trop longtemps!
Merveilleux! Bravo!
Merci, merci!
Nous demandons deux volontaires... un jeune homme et une belle demoiselle...
C'est moi!
116

Je me méfie, Bobette! Nous ne connaissons pas ces gens!
Froussard! Ce n'est qu'un jeu!...
Je n'en suis pas si sûr! Ils sont drôlement bien armés, pour des artistes!
Je vous présente le truc du rideau, de la chandelle et de la corde! Installez-vous derrière ce rideau!
Hihi... C'est amusant!... Je me demande ce qui va se passer!
Taratakadzin! Voilà... Hahaha!...
Bravo! Bien joué!... Je n'y comprends pas grand'chose, mais c'est rigolo!... Bravo!
Tu y comprends quelque chose, toi?... Explique-moi!
Regarde cette chandelle. En se consumant, elle brûlera la corde et Bob et Bobette tomberont dans ce puits rempli de serpents venimeux!
PFRRRT!
Et lorsqu'ils mordront...
Arrête! Je n'en peux plus! Hahaha!... Elle est bien bonne!... Hahahaha... des serpents... Hahaha!
Hahaha!... Quand ils auront mordu... Bob et Bobette mourront!
Tu as tout compris, per bacco!
Hohoho... haha... OOOH!?
Mais... minute... Morts... tu as dit morts?!...
Arrêtez ce jeu idiot... Arrêtez-le! Ça suffit!

C'est toi, l'italien de l'auberge!...
Franco Bollo! Noble italien! Et... Je veux... j'exige le message destiné à Maximilien... Il n'est pas dans les fontes de ta selle, tu le portes donc sur toi!
PAS QUESTION! JAMAIS DE LA VIE!
Tant pis pour Bob et Bobette... La chandelle se consume!
121
Il te reste environ une heure pour te raviser!
Enfermez-le dans une roulotte et surveillez-le bien! Je vous paie pour faire du bon travail!
Et gare à vos abattis, s'il s'échappe!
122
J'ai donné ma parole à François de Tassis... Je lui serai fidèle!... Tu n'auras jamais ce message!... Jamais!
EN ENTENDANT LES MOTS DE LAMBIQUE, BOB ET BOBETTE NE PEUVENT S'EMPÊCHER DE VERSER QUELQUES LARMES.
Mais que faire?... La vie des enfants est en danger!... Quel dilemme!
123
PEU À PEU, LA CHANDELLE SE CONSUME ET LA FLAMME SE RAPPROCHE DE LA CORDE...
TOUT À COUP, C'EST L'AFFOLEMENT. UN OURS MAL LÉCHÉ S'AVANCE D'UN PAS LOURD VERS LE CAMP.
Per bacco! Lâchez les ours! Il va y avoir de la bagarre! Un combattimento!
124

Attaquez-le, prenez-le, que je puisse l'apprivoiser comme vous!
GRRRR!
GRR!GRR!
TOINC
125
GRRR!!
?
Mais... Que se passe-t-il?
126
C'est un ours... il sème la panique... Et moi, je me morfonds ici, sans pouvoir réagir! Mais je ne céderai pas!... Il faut que je sauve Bob et Bobette!
Je ne puis baisser les bras!
Je fonce!
127
CRAC
Où sont ces nabots? Venez vous mesurer à moi, si vous l'osez!
GRRR!!
Heu... Je ne m'adressais pas à toi, gros nounours!
128

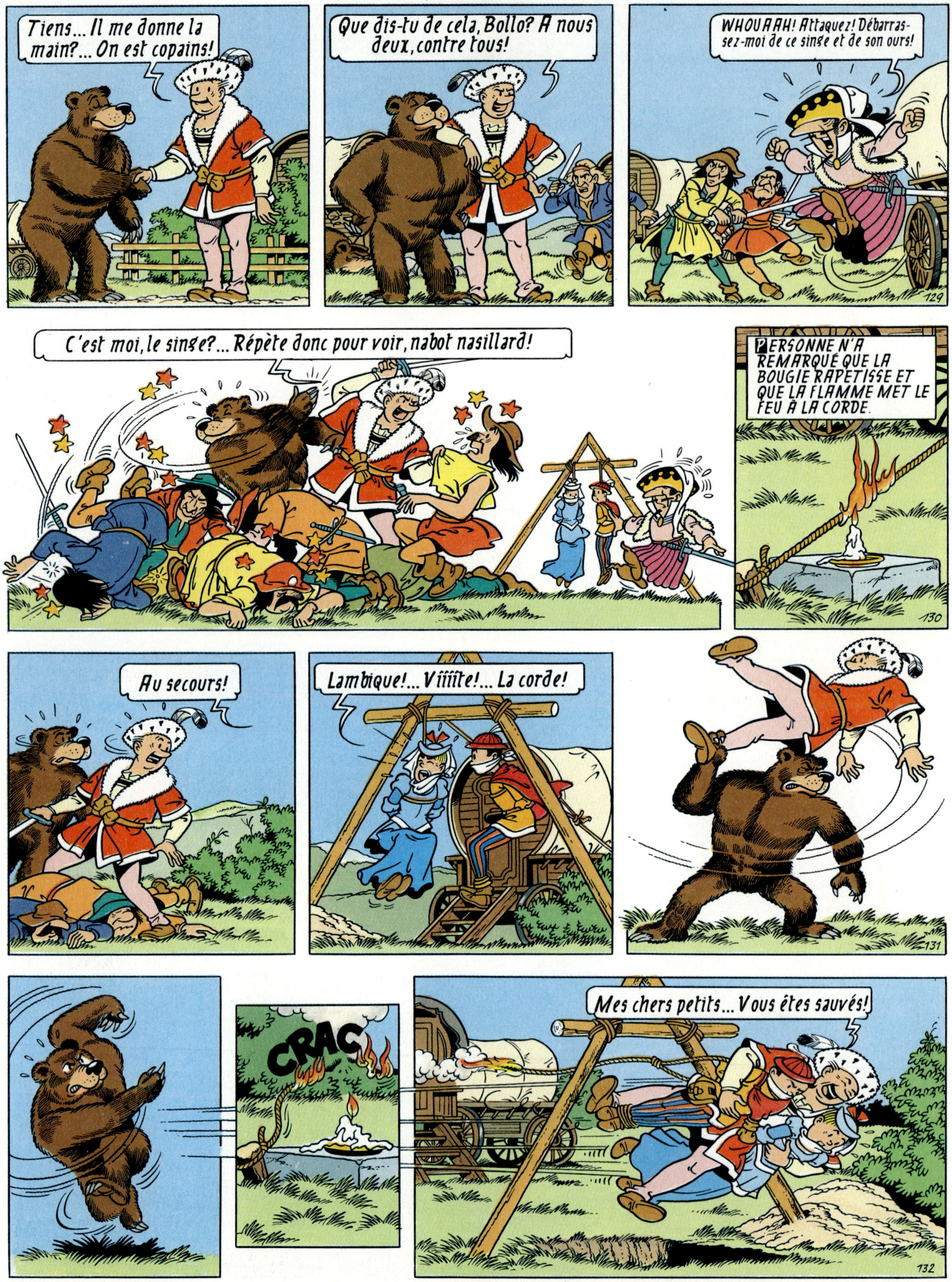
Tiens... Il me donne la main?... On est copains!
Que dis-tu de cela, Bollo? A nous deux, contre tous!
WHOUAAAH! Attaquez! Débarrassez-moi de ce singe et de son ours!
129
C'est moi, le singe?... Répète donc pour voir, nabot nasillard!
PERSONNE N'A REMARQUÉ QUE LA BOUGIE RAPETISSE ET QUE LA FLAMME MET LE FEU À LA CORDE.
130
Au secours!
Lambique!... Viiiite!... La corde!
131
CRAC
Mes chers petits... Vous êtes sauvés!
132

Nous avons vaincu l'ennemi! Grâce à cet ours!
Venez, donnons-lui des biscuits!
Tu n'as donc rien compris, Lambique?
Comprendre? Comment, comprendre? S'il n'aime pas les biscuits, nous lui donnerons des carottes!
Dites, vous ne trouvez pas qu'il ressemble à Jérôme? Hihi...
Marrant, non?
Haha... Jérôme... hihi... un ours!
Jérôme?
Jé... Jérôme? Mais... C'est toi!
Que fais-tu ici?
Le professeur Barabas a observé son écran : étiez en difficulté. M'a catapulté ici pour donner un coup de main. Me voilà!
C'est génial! T'es un vrai copain, Jérôme! Grâce à toi, nous arriverons sans encombres à Innsbruck!
Oh! Regardez!
Franco Bollo et ses complices s'enfuient et emmènent nos chevaux!
Restez ici! Je vais les en empêcher!
Tiens! Prends mon épée!
OK, envoie!

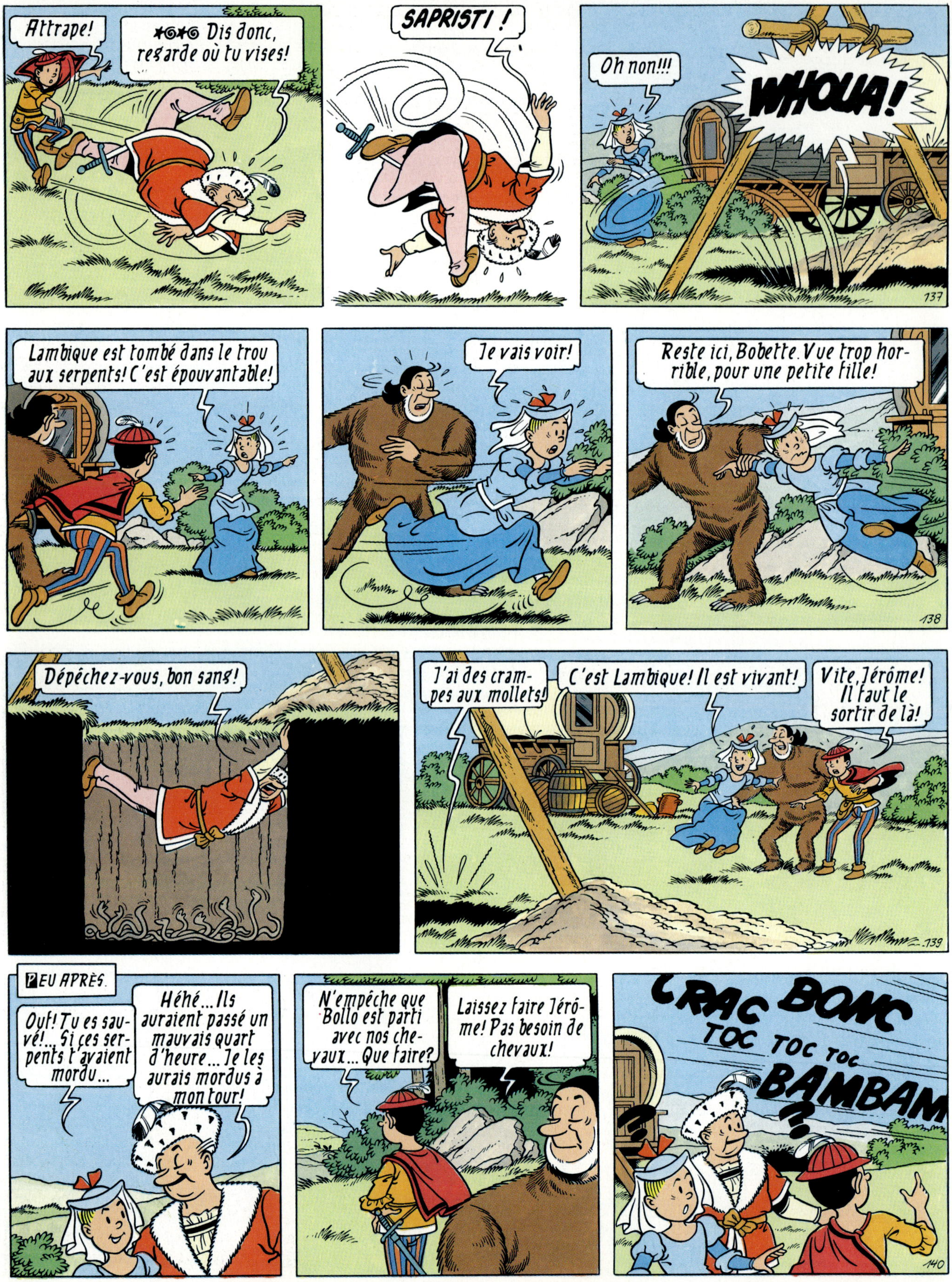
Attrape!
@@ Dis donc, regarde où tu vises!
SAPRISTI!
Oh non!!!
WHOUA!
137
Lambique est tombé dans le trou aux serpents! C'est épouvantable!
Je vais voir!
Reste ici, Bobette. Vue trop horrible, pour une petite fille!
138
Dépêchez-vous, bon sang!
J'ai des crampes aux mollets!
C'est Lambique! Il est vivant!
Vite, Jérôme! Il faut le sortir de là!
139
PEU APRÈS.
Ouf! Tu es sauvé!... Si ces serpents t'avaient mordu...
Héhé... Ils auraient passé un mauvais quart d'heure... Je les aurais mordus à mon tour!
N'empêche que Bollo est parti avec nos chevaux... Que faire?
Laissez faire Jérôme! Pas besoin de chevaux!
CRAC BONC
TOC TOC TOC
BAMBAM
140

PLUSTARD.
Et voilà... Notre voiture est avancée!
Super, Jérôme! Mais... euh... Qu'est-ce que c'est?
Roulette transformée. Carriole super-turbo.
Tu as oublié quelque chose, gros malin! Les chevaux? Qui va tirer notre berline?
141
Question idiote! Suis plus rapide que meilleur pur-sang!
Youpiiie! Bollo n'a qu'à bien se tenir!
142
PLUSTARD.
Plochingen tout près... Commence à avoir faim!
Moi aussi! Arrêtons-nous au prochain relais.
Aubergiste! Le menu du jour, s'il vous plaît! Et de l'avoine, pour le cheval!
zur POST
143
Vous êtes ici pour les fêtes?
Les fêtes? Quelles fêtes?
Les fêtes de notre bonne cité! Il y a des prix à gagner!
Si on y allait, Lambique? Nous avons déjà pris un belle avance, grâce à Jérôme!
144

LAMBIQUE SE LAISSE CONVAINCRE. ET APRÈS LE REPAS, NOS AMIS SE RENDENT À LA FÊTE.
Par ici, bonnes gens! Le concours de tir à l'arc commence! Il reste place pour un seul concurrent!
Vas-y, Bobette! Tu étais un as, au tir à l'arc, autrefois!
Bonne idée, Bob! Je participe!
VOIR L'ALBUM "LE CASQUE TARTARE".
145
Chaque participant a trois flèches! Le gagnant sera celui qui mettra la flèche dans la bouteille!
LES PREMIERS ARCHERS TENTENT LEUR CHANCE... EN VAIN, C'EST TROP DIFFICILE!
PUIS, C'EST AU TOUR DE BOBETTE.
Ce ne sera pas commode, Bobette! Le vent fait bouger la cible!
146
Aïe! Raté!
Pas de panique! J'ai encore deux flèches!
SNAP
Cette fois-ci... C'est fichu!
Patience, mon petit Bob!
Que fais-tu? Tu attaches une vessie gonflée à ta deuxième flèche?
147
LA DEUXIÈME FLÈCHE S'ÉLÈVE EN SIFFLANT...
...SUIVIE DE LA DERNIÈRE FLÈCHE!
Super! Incroyable! En plein dans la bouteille!
PLOC
148

Quel tir, mademoiselle! Vous avez gagné! Vous méritez le premier prix!
C'est quoi?
Cette belle jument, solide et fiable. Elle s'appelle Mercedes.
Oh! Elle m'appartient vraiment?
Viens, ma belle! Allons retrouver Lambique et Jérôme!
Tiens, voilà Lambique!... Il a l'air fameusement éméché!
Hé! Youhou... B... Beb et B... Bebotte! Hic... J'ai fait un concours... à qui boira le plus de bière!
Ah?
Hic... mais j'ai perdu... hic... C'était bon quand même! Tiens... Un gros canasson!... Hahaha!
Il me tape sur les nerfs, ce gros plein de soupe... Et en plus, il est plein comme une outre!
Je te présente Mercedes.
Whouahaha!... Hic... Mercedes aux grosses fesses... Hic... Quelle...
CLAC
Ça suffit!... Tu l'auras voulu joufflu!
PAF
PLOC

Le voilà hors de combat! Laissons-le cuver sa bière!
Viens, Bobette! Allons chercher Jérôme!
!
Quelle jolie musique!... Et quel bel homme!
153
Je m'appelle Bobette! Et toi, joli cœur?
Je suis Franz Lambertus, compositeur de musique romantique!
(Soupir)... Joue-moi quelque chose... (soupir)... pas trop rock non, un truc vachement romantique... (soupir)...
Pas de temps à perdre! Il faut retrouver Jérôme!
Barbare!
154
Bon sang, que se passe-t-il? Ils sont tous mal en point!
Tu crois que Jérôme a des problèmes?
Le voilà!... Jérôme!... Jérôme!... D'où viennent tous ces estropiés?
155
Participe à concours de lutte! Qui reste gagne... Ai déjà éliminé tous les candidats, sauf un!
Heu... Regarde derrière toi, Jérôme... C'est lui, ton dernier adversaire?
GRRR!
156

Voici notre dernier candidat! Que le meilleur gagne! Mais je te préviens, l'ami! Personne encore ne l'a battu!
Hahaha!
Serrez-vous la main et que le combat commence!
Garçon sympa... Un honneur...
... de te serrer la patte!
WHOUAAAH
De plus en plus sympa, ce type... Petite bourrade amicale dans le dos!
Et voilà! Prêt pour le combat!
Un peu raplapla, ce mec! Vais le secouer un peu!
Ouille! Il va tomber! Faut le rattraper!
Vous dites?
BOUM
Je crois que le combat est terminé!
N'avait pas vraiment commencé!
Vous êtes le vainqueur! Voici votre prix!
Super! Bobette a gagné un cheval, et toi, une carriole.
Allons prévenir Lambique!
ENTRE-TEMPS.
Un noble italien m'a promis une pièce d'or si je trouvais un message secret sur cet homme!

Hihi... Arrête! Tu me chatouilles! Hahaha... Ouou! Hihihi!
Tais-toi ou je t'égorge!
Hé! Vous avez vu ce type?
Il cherche le message de Maximilien, pardi!
Quoi? Au voleur!
Raté! Vaut mieux filer!
161
LAMBIQUE CONSTATE AVEC SOULAGEMENT QUE LE MESSAGE EST TOUJOURS EN PLACE, TANDIS QUE JÉRÔME ATTELLE MERCEDES DEVANT LA CHARRETTE. NOS AMIS REPRENNENT LA ROUTE POUR INNSBRUCK.
Soyons sur nos gardes! Je crains que Franco Bollo ne soit dans les parages!
Moi aussi, Bobette! Ce type était certainement à la solde de notre ennemi!
Tu as vu quelque chose, Bobette?
162
Oui, Bob! De gros nuages!
On dirait qu'il va bientôt pleuvoir!
C'est tout vu!
163
Cherchons un abri sinon nous serons trempés!
Il y a un refuge, là-haut! En avant, Mercedes!
Non! Rebroussons chemin! Regardez, la place est gardée!
Tu as raison, Bobette! Ce sont sûrement les hommes de Bollo!
164

Zut alors! Où allons-nous trouver un autre abri?
UN PEU PLUS LOIN...
Ce surplomb rocheux nous protégera provisoirement!
165
Nous perdons trop de temps!
Faut pas désespérer! Ciel s'éclaircit!
Allons-y! Il ne pleut presque plus!
Il était temps! Va falloir prouver ce que tu vaux, canasson!
Regardez! Les hommes de Bollo sont toujours là!
Quoi?
166
C'est bizarre! Vous avez vu l'oiseau sur la tête du garde?
En effet, Bobette... Bizarre!
Allons voir ça de plus près. J'escalade la butte.
Sois prudent, Lambique! Ces rochers sont glissants!
Faut me voir à l'œuvre, agile comme un chamois!
167
Sapristi!
ZIP
Chamois en chute libre! Ai entendu craquement sinistre!
CRAC
168

Lambique trop sonné. J'y vais!
Des épouvantails!... Nous ont bien eus!
Ohé!... Montez! Plus de danger!
169
Il est rusé, ce Franco Bollo! Mais je ne comprends pas pourquoi il s'acharne!
Hahaha! Ils sont faits comme des rats! Poussez les rochers!
170
Whouaah! Une avalanche! Au secours!
Jérôme! Sauve-nous!
Tous derrière moi!
171
Tu tiens le coup, Jérôme?
Muscles et tendons prêts à craquer!
Attention! Il en vient encore!
172

Tu tiens bon, Jérôme? Je vais voir ce qui se passe!
Non! N'y va pas!
Mon enfant, j'en ai vu bien d'autres au cours de mes nombreuses aventures! Le danger, ça me connaît! Ne t'en fais pas!
TOINC
J'ai constaté que la situation n'est pas sans danger!
C'était la dernière pierre. Je ne vois plus personne, là-haut!
Il vaudrait mieux loger ici. Nous repartirons demain, dès le lever du jour!
Bonne idée! Je vais chercher Mercedes.
Faut t'aider, Lambique?
Non merci! Un canasson pareil, c'est fort mais bête!!
PLUS TARD.
T'as remarqué, Bob, comme ce canasson est bête!
Comme tu dis!
LA NUIT TOMBE. BOBETTE MONTE LA GARDE. TOUT EST CALME.
LE TEMPS PASSE.
Tiens... Jérôme!
Peux pas dormir!
Vais faire un tour. Me méfie de l'Italien!
Oui, Franco Bollo est peut-être dans le coin!
Entends chansons d'amour... Sont à faire pleurer un bœuf! Veux savoir qui larmoie ainsi!
?!

Mon cœur frétille de joie... ô ma belle Jeanne! C'est pour toi que je chante... pling plong...
Pourquoi m'as-tu abandonné?... pling plong... Mon amour pour toi... pling plong... me comble de joie!
Franco Bollo amoureux?... N'en crois pas mes oreilles! A un cœur après tout!
177
Jérôme tarde trop! Que se passe-t-il? Je vais voir!
Inouï! Jérôme fait la causette avec Bollo. Voilà qu'il passe le bras autour de ses épaules!!!! On aura tout vu!
Faut que je raconte ça à Bob et Lambique!
178
Qui aurait cru ça?
Je n'y comprends rien!
J'ai compris, moi! Jérôme nous a trahis! Venez, les enfants. Nous allons l'accueillir comme il le mérite!
UNE HEURE PLUS TARD, JÉRÔME REVIENT.
Attention! Le voilà!
179
Qu'y a-t-il?
Nous nous demandons de quel côté tu te trouves!... Du côté de cette demi-portion de Bollo, ou du nôtre?
Vais vous expliquer...
Non, Monsieur Muscle! C'est moi qui vais parler! Vous n'êtes qu'un vil traître!
Quand je pense que nous comptions sur toi, les yeux fermés... tu n'es qu'un...
180

Tu n'es qu'un... un...
Zut, Bobette... J'ai oublié le mot!
Une personne déloyale, fourbe et infidèle qui trahit... un parjure, un renégat, un félon...
Un Judas!
Tu n'es qu'un Judas, Jérôme!
Pas moyen de placer un mot! M'en vais!
181
Non! Ne pars pas, Jérôme! Tu ne peux pas faire ça! Tu ne nous quitteras pas de ton propre chef!
Ah?... Pourquoi?
Tu ne vas pas m'ôter le plaisir de te chasser! Va, Judas, et ne reviens plus jamais!
Snif... Jérôme... snif! Il va me manquer!... Snif!
182
Tu n'as pas honte de verser des larmes sur ce traître, Bobette? La vie est sans pitié, et Lambique encore moins! Arrête de pleurnicher!
Nos amis ont du mal à trouver le sommeil... Le lendemain, à l'aube...
Tout est prêt! Nous pouvons partir!
Lambique, Bob et Bobette repartent pour Innsbruck... leur destination finale!
183
Ils sont talonnés par les brigands.
Où est Franco Bollo?
A l'arrière, avec le nouveau... Il faut à tout prix nous emparer du message que porte le chauve!
Sapristi! Les hommes de Bollo! Ils nous rattrapent!
Quoi?... Au galop, Mercedes!
184

Pas question que le message tombe entre leurs mains. Plus vite! Nous approchons de la rivière Inn!
Whouaah! Pourquoi t'arrêter, stupide animal?
WHOUAAAH!
185
AU SECOURS!
PEU APRÈS.
Le chemin s'arrête ici. Nous sommes faits comme des rats!
Ils approchent!
Venez, les enfants!
186
Bob, je te confie le message pour Maximilien! Cache-le sous ton pourpoint, et porte-le sans tarder au palais "Hofbourg".
Et toi, Lambique?
Je reste ici pour couvrir votre retraite! Je distrairai l'ennemi!
Notre retraite? Où veux-tu qu'on aille?
Sautez dans la rivière!
Quoi?
Sautez, vous dis-je!
187 - 188

PLOUF
PLOUF
Au secours! Bob! Le courant m'entraîne!
Courage, Bobette! Essaie de nager jusqu'à cette barque!
Ouf! Il s'en est fallu de peu!
Monte, Bobette! Je vais détacher la corde!
189
Nous nous laisserons entraîner par le courant jusqu'à Innsbruck. L'Inn la traverse.
Je m'inquiète pour Lambique! Seul contre tous!
Avancez, espèces de vipères! Je vous attends de pied ferme!
190
Et alors? Vous n'osez pas? A quoi jouez-vous avec ce bout de tissu?
Haha! Bien visé! Nous le tenons! Victoire! A nous le message!
Regarde sous ses vêtements!
191
Rien! Les gosses l'ont emporté!
Jette-le de la falaise!
Oh! Regarde! Ils ont poussé Lambique du haut de ce rocher!
Quoi? Les assassins!
192

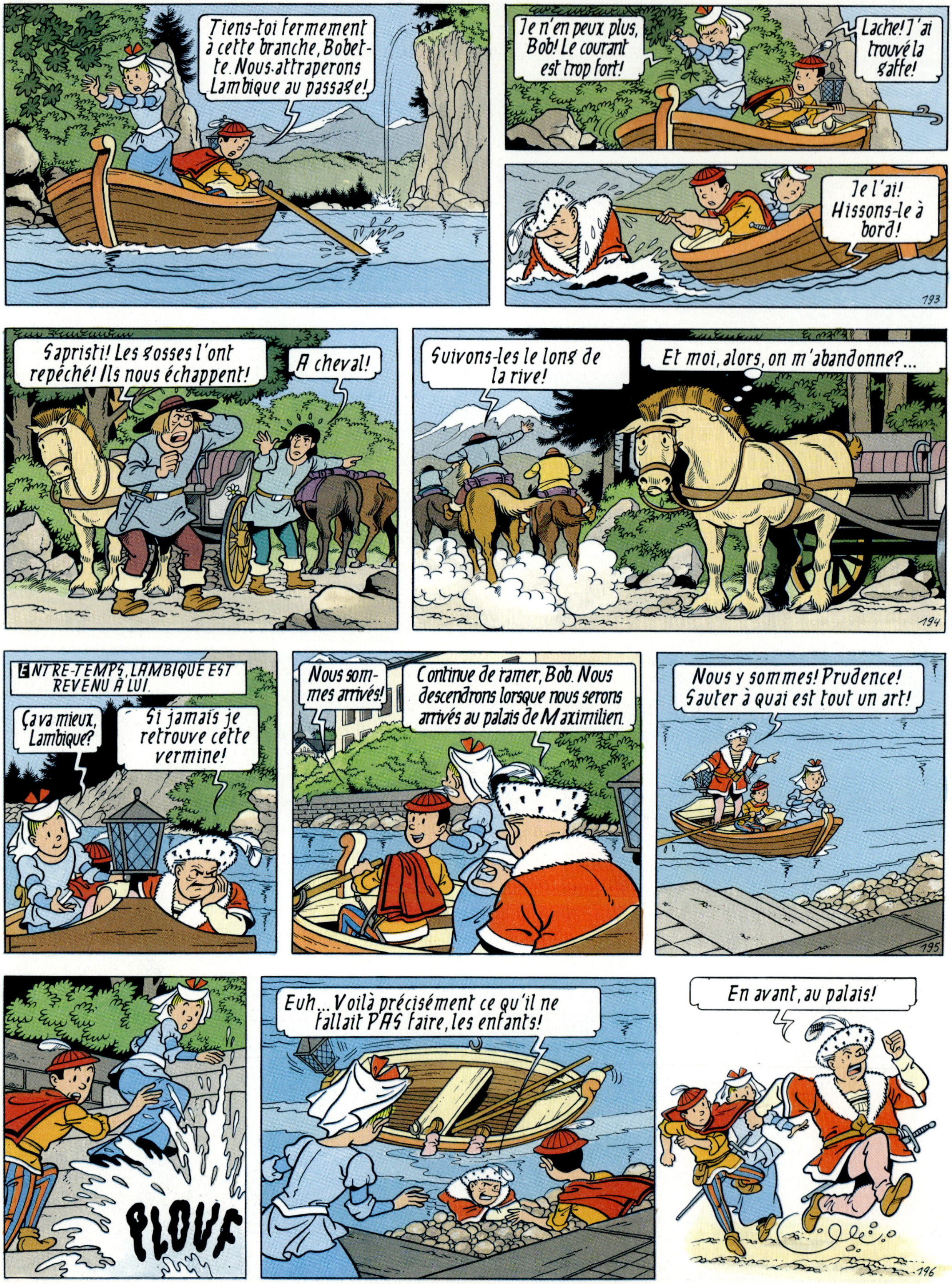
Tiens-toi fermement à cette branche, Bobette. Nous attraperons Lambique au passage!
Je n'en peux plus, Bob! Le courant est trop fort!
Lache! J'ai trouvé la gaffe!
Je l'ai! Hissons-le à bord!
193
Sapristi! Les gosses l'ont repêché! Ils nous échappent!
A cheval!
Suivons-les le long de la rive!
Et moi, alors, on m'abandonne?...
194
ENTRE-TEMPS, LAMBIQUE EST REVENU À LUI.
Ça va mieux, Lambique?
Si jamais je retrouve cette vermine!
Nous sommes arrivés!
Continue de ramer, Bob. Nous descendrons lorsque nous serons arrivés au palais de Maximilien.
Nous y sommes! Prudence! Sauter à quai est tout un art!
195
PLOUF
Euh... Voilà précisément ce qu'il ne fallait PAS faire, les enfants!
En avant, au palais!
196

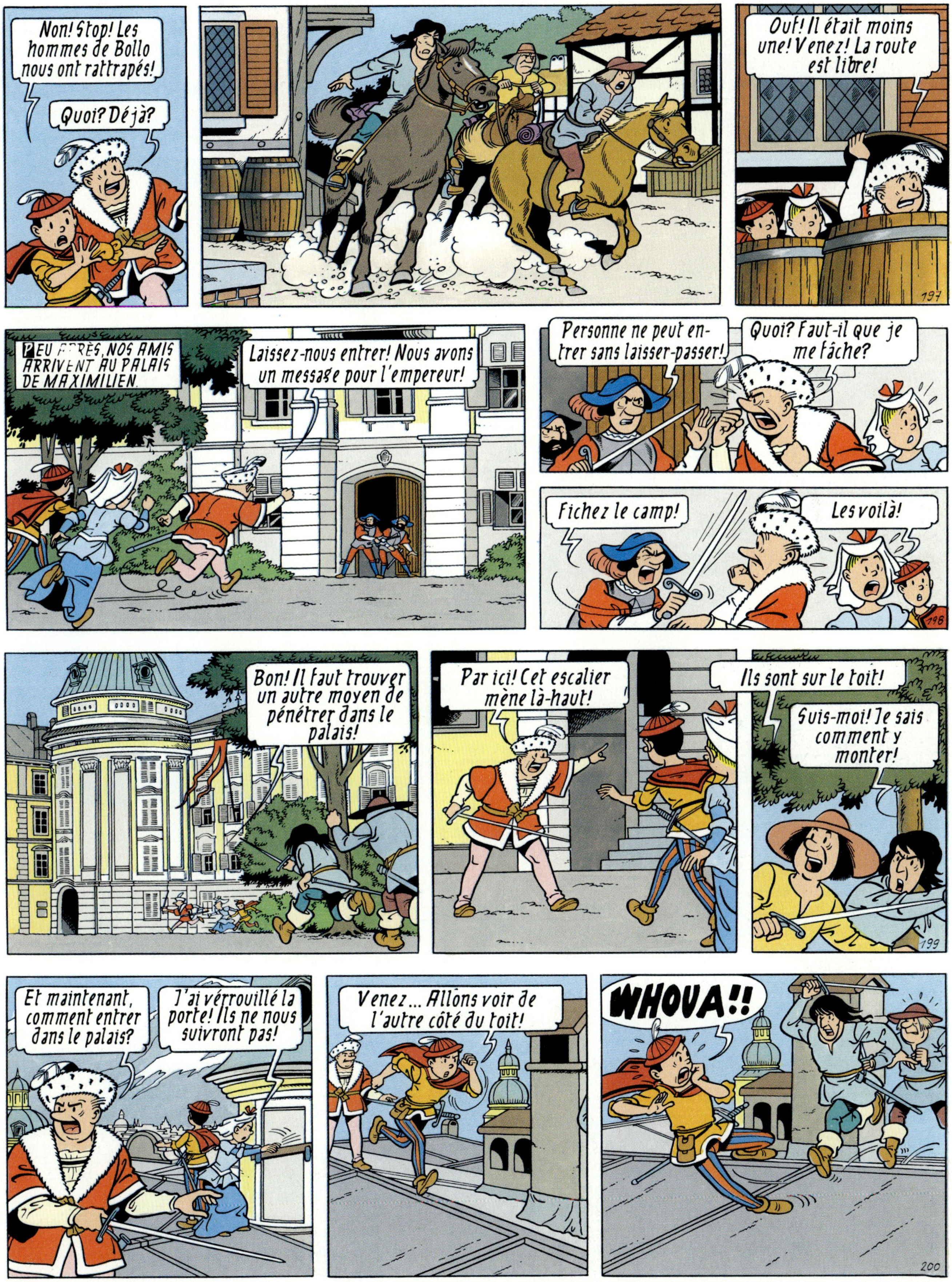
Non! Stop! Les hommes de Bollo nous ont rattrapés!
Quoi? Déjà?
Ouf! Il était moins une! Venez! La route est libre!
Peu après, nos amis arrivent au palais de Maximilien.
Laissez-nous entrer! Nous avons un message pour l'empereur!
Personne ne peut entrer sans laisser-passer!
Quoi? Faut-il que je me fâche?
Fichez le camp!
Les voilà!
Bon! Il faut trouver un autre moyen de pénétrer dans le palais!
Par ici! Cet escalier mène là-haut!
Ils sont sur le toit!
Suis-moi! Je sais comment y monter!
Et maintenant, comment entrer dans le palais?
J'ai vérrouillé la porte! Ils ne nous suivront pas!
Venez... Allons voir de l'autre côté du toit!
WHOUA!!

Bob! Non!!
DJANG
Un attentat! Saisissez-le!
?
Tuez-le!
201-202
Non! Je suis porteur d'un message pour Maximilien!
Lâchez-le! Qui es-tu?
Etes-vous l'empereur Maximilien, Seigneur? Je m'appelle Bob. Le roi Ferdinand d'Aragon m'a confié une missive...
Donne-la-moi!
Haha! Quelle bonne nouvelle! Ferdinand envisage une union entre mon fils Philippe le Bel et sa fille, Jeanne de Castille!
203
Tu ne pouvais pas entrer par la porte comme tout le monde, petit? Pourquoi tout ce charivari?
Nous venons de Malines, Seigneur... François de Tassis nous a confié ce message...
Tout au long du voyage, les hommes d'un noble italien nommé Franco Bollo n'ont cessé de nous harceler. Mes amis sont sur le toit... en grand danger!
QUOI?
204

MAXIMILIEN DONNE L'ORDRE À SES GARDES D'ALLER SECOURIR LAMBIQUE ET BOBETTE. SUBMERGÉS, LES HOMMES DE BOLLO SONT CONTRAINTS DE SE RENDRE ET SE RETROUVENT BIENTÔT SOUS LES VERROUS. DANS LA GRANDE SALLE DU PALAIS, LAMBIQUE RACONTE TOUTES LES PÉRIPÉTIES DU VOYAGE.
Qui est ce Franco Bollo?
Un noble italien, Majesté! Un bandit de la pire espèce! Il voulait le message à tout prix! J'ignore pourquoi, d'ailleurs!
Mais il y a pis encore...
Quoi, mon ami?
205
Il a détruit une amitié de longue date! Notre ami Jérôme...
... s'est rallié à lui! Le lâche!
VLAN
?
?
?
Minute!
Jérôme et Franco Bollo!
Traître! Va-t'en!
206
Ça suffit! Ecoutez plutôt ce que Franco Bollo a à vous dire!
Parle, avant que je ne te fasse enfermer!
Je sais que j'ai mal agi... mais je l'ai fait par amour... per amore! Je me doutais du contenu de la lettre... la letter misteriosa... L'an dernier, j'étais à la cour du roi Ferdinand D'Aragon...
207
J'y avais entendu parler du pro- jet d'union entre votre fils Philippe et Jeanne de Castille. Or, je suis amoureux fou de Jeanne! Je voulais empêcher que la lettre vous parvienne... Per piacere... Pardonnez à un amoureux transi!
C'est pas un mauvais bougre!... Seulement amoureux!
Amoureux fou, per bacco!
Jérôme! Snif, snif... Viens dans mes bras ... snif, snif... Je te pardonne! Viens, mon ami snif, snif!
Stop! On ne pardonne pas! Je ne puis tolérer de telles pratiques!
208

Je ne vous infligerai pas de punition, Franco Bollo, mais je vous bannis du pays! Emmenez-le!
Quant à vous, mes amis, je vous suis très reconnaissant! Bob, avance, mon garçon!
209
Je te nomme "Petit Postillon". Parcourir la route de Malines à Innsbruck en cinq jours et demi... Quelle performance!
Permettez-moi de vous confier une lettre pour François de Tassis. J'aimerais qu'il crée un relais postal entre Malines et Innsbruck. Ce service favorisera les contacts entre toutes les villes et rapprochera leurs habitants!
PEU APRÈS.
Voilà! Je compte sur vous pour la lui délivrer!
Je la porterai à même ma poitrine, Majesté!
210
L'EMPEREUR MAXIMILIEN INSISTE POUR QUE NOS AMIS SE REPOSENT PENDANT QUELQUES JOURS. C'EST SOUS UNE PLUIE BATTANTE QU'ILS REPRENNENT LA ROUTE...
Hé! Regardez! Là!!
211
C'est Mercedes!
Et ce drôle d'oiseau?
Fritz, mon vieux... Quelle vie de chien!
Ach... Wir gehen zurück... Che retourne chez mon maître... le sorcier... che prends ma retraite... atchoum!... Che suis malade... Ach!
LE VOYAGE SE POURSUIT SANS ENCOMBRES... SOUS LA PLUIE.
212

DANS LA BELLE ET NOBLE DEMEURE DE FRANÇOIS DE TASSIS.
Mes chers amis!
Dites-moi... Le message est-il arrivé à bon port?
Oui, Seigneur! Bob a remis la lettre à l'empereur cinq jours après notre départ!
213
Désormais, je porte le titre de "Petit Postillon".
Mais ce n'est pas tout! L'empereur m'a confié une lettre pour vous!!
Pour moi? Vraiment?
La voici! Je l'ai conservée sur ma poitrine! C'était plus sûr!
Mais... Cette lettre est... vierge!
Impossible! Nous étions présents quand l'empereur l'a écrite!
214
L'encre aura coulé... Il a tant plu au cours de notre voyage!
Mais non! Regardez la poitrine de Lambique!
Le texte est imprimé à l'envers sur ta peau, Lambique!
Placez-vous devant ce miroir, Lambique. Nous pourrons la déchiffrer!
215
L'empereur Maximilien me donne l'ordre de m'établir à Malines et de créer un service postal entre Malines et Innsbruck. Ce service sera bientôt étendu aux autres régions!
Mes amis, c'est à vous que je dois cet honneur. Je m'efforcerai d'accomplir au mieux cette mission importante.
Et c'est ici que se termine la nôtre... Rentrons chez nous!
Ai envie d'un cornet de frites!
216

PRINTED IN BELGIUM BY proost INTERNATIONAL BOOK PRODUCTION